Osito Limpio
y Osito Sucio

Traducción de Rodrigo Zuleta
Diseño de cubierta y diagramación electrónica de Ana Inés Rojas

Título original en alemán:
Saubär und Sauberbächen
Copyright© 1999 by Annette Betz Verlag, Vienna-Munich
Publicado en español por acuerdo con Annette Betz Verlag

Printed in Colombia - Impreso en Colombia
por Gráficas de la Sabana Ltda.   Abril 2005

C.C. 10623
ISBN: 958-04-6257-7

Osito Limpio y Osito Sucio

Hans Gärtner y Hans Poppel

GRUPO
EDITORIAL

norma
INFANTIL·JUVENIL

http://www.norma.com

Bogotá, Barcelona, Buenos Aires, Caracas, Guatemala, Lima, México, Miami, Panamá,
Quito, San José, San Juan, San Salvador, Santiago de Chile, Santo Domingo.

Mamá osa y Papá oso tenían un único hijo,
Osito Sucio, a quien querían más que a nada
o a nadie en el mundo.

La porquería empezó desde cuando Osito Sucio era
un bebé y sólo se tragaba la mitad de la compota de
frutas. La otra mitad, la escupía en su sillita.

—Mi osito escupidor —decía Mamá osa.

Cuando Osito Sucio cumplió un año, Papá oso le llenó la boca de compota de espinaca. Zas, vomitó Osito Sucio la espinaca en su babero.

—Mi osito vomitón —dijo Papá oso.

Más tarde, empezaron a darle papilla a Osito Sucio. Mamá osa y Papá oso la preparaban fresca para cada comida y Osito Sucio llenaba su cuchara hasta rebosarla y embadurnaba la mesa con ella.

—Nuestro osito embadurnador —decían Mamá osa y Papá oso.

Osito Sucio no paraba de escupir, vomitar y embadurnar. Papá oso y Mamá osa ya no sabían cómo decirle a su hijo: Osito escupidor, osito vomitón u osito embadurnador.

—Mi Osito Sucio —dijo un día Papá oso cuando la porquería empezó a parecerle exagerada.

Mamá osa se rió y dijo:

—Tú eres y seguirás siendo nuestro Osito Sucio.

El nombre de Osito Sucio le gustó tanto al pequeño que donde quiera que iba procuraba comportarse como un osito puerco. Chapoteaba en los charcos para que el barro salpicara, se hurgaba la nariz de tal manera que los mocos salían disparados, chasqueaba, hacía ruidos con la boca y eructaba de manera que pronto todos empezaron a decir:

—¡Qué osito tan puerco!

Muchas damas osas estaban horrorizadas de la manera tan puerca como se comportaba Osito Sucio. Muchos caballeros osos fruncían el ceño y decían:

—¡Qué porquería!

La osa profesora del jardín infantil decía:
—El caso de Osito Sucio es grave.
Y empezó a decirlo desde el día en que Osito Sucio
entró al jardín.

Osito Sucio se había abierto el pantalón, se había rascado una nalga y había hecho pipí por fuera del orinal. Los otros ositos del jardín infantil decían:
—Algo pasará con Osito Sucio.

  Sólo uno de los niños no decía nada. Se llamaba Osito Limpio porque era el más limpio de todos los ositos del jardín infantil. Su naricita estaba siempre impecablemente limpia y sus garras estaban pulidas. Osito Limpio usaba un pañuelo, dejaba siempre el plato limpio y después de comer se limpiaba la boca con una servilleta de papel.

Osito Sucio abrió mucho los ojos cuando vio por primera vez a Osito Limpio.

—Hola, Osito Limpio —dijo Osito Sucio.

—Hola, Osito Sucio —dijo Osito Limpio.

Ambos se cayeron muy simpáticos: el Osito Sucio al Osito Limpio y el Osito Limpio al Osito Sucio.

Pero la profesora no quería que los dos estuvieran juntos.

—Vas a terminar siendo como Osito Sucio —dijo y se llevó a Osito Limpio.

Osito Sucio se quedó muy triste.

En su casa, Osito Sucio contó que en el jardín
infantil prefería estar siempre con Osito Limpio.
—¿Por qué? —preguntó Papá oso.
Y Mamá osa dijo:
—Piénsalo bien.

En el jardín infantil Osito Limpio miraba siempre lo
que hacía Osito Sucio. Osito Limpio observaba cómo
Osito Sucio eructaba, embadurnaba todo y escupía.

No pasó mucho tiempo antes de que Osito Limpio
empezara también a eructar un poco y, a veces, a
escupir y a embadurnar.

— ¡Algo va a pasar con Osito Limpio! —gritaban los
otros ositos del jardín infantil.

Los papás de Osito Limpio quedaron perplejos ante su hijo cuando lo vieron embadurnar un poco y lo oyeron eructar no muy fuerte.

—Tú fuiste siempre nuestro querido Osito Limpio —dijeron—. ¿Y qué pasa ahora? Tú haces mugre y porquerías como si quisieras imitar a Osito Sucio. ¡Nosotros no vivimos en una porqueriza sino en una casa limpia!

Mamá osa y Papá oso cayeron en la cuenta de que últimamente su pequeño Osito Sucio ya no vomitaba, embadurnaba ni eructaba con mucha frecuencia.

El domingo, Osito Sucio incluso había llegado a desayunar con su naricita impecablemente limpia.

—Te estás volviendo limpio, Osito Sucio —dijeron Papá oso y Mamá osa.

—Casi tan limpio como Osito Limpio. Pero sólo casi —dijo Osito Sucio.

Luego les contó a Papá oso y a Mamá osa lo simpático que le caía Osito Limpio, cómo le gustaba observarlo y lo estricta que la profesora era con él.

Entonces, Mamá osa y Papá oso se miraron como si quisieran decir: "¡Pero tú sigues siendo nuestro Osito Sucio!"

Después de dos semanas, la profesora ya no podía distinguir quién era Osito Limpio y quién Osito Sucio. Los dos ositos embadurnaban un poco, eructaban suavemente y cuando hacían pipí por fuera del excusado, después limpiaban cuidadosamente los pequeños charcos.

—Son limpios —elogiaba la profesora.

Y los ositos del jardín infantil gritaban:

—¡Ya lo habíamos dicho, que algo pasaría con Osito Sucio!

BUENAS NOCHES

Títulos de la Colección Buenas Noches

C.C. 10623
ISBN 958-04-6257-7

GRUPO
EDITORIAL
norma
INFANTIL · JUVENIL